Pinóquio

GEPETO ERA UM VELHO RELOJOEIRO QUE TAMBÉM FABRICAVA BRINQUEDOS DE MADEIRA. POR ISSO, ERA AMADO PELAS CRIANÇAS. ELE SEMPRE QUIS SER PAI, MAS NÃO REALIZOU ESSE SONHO. UM DIA, CANSADO DA SOLIDÃO, CONSTRUIU UM BONECO PARA LHE FAZER COMPANHIA E O BATIZOU DE PINÓQUIO.
DESDE ENTÃO, GEPETO SEMPRE CONVERSAVA COM ELE, COMO SE FOSSE UM MENINO DE VERDADE.

Essa amizade tão sincera comoveu a Fada Azul, que tocou Pinóquio com sua varinha mágica:

— Eu darei a vida a você. Mas, para ser um menino de verdade, terá que ser bom e verdadeiro, como Gepeto.

Para ajudar Pinóquio a diferenciar o certo do errado, a Fada instruiu o Grilo Falante para que fosse conselheiro do menino.

Quando Gepeto descobriu que o boneco estava vivo, ficou radiante. Agora, ele tinha um filho de verdade, iria ensinar a Pinóquio tudo o que sabia e viver cada minuto ao seu lado. Então, o Grilo Falante aconselhou o velho relojoeiro:

— Pinóquio precisa conviver com outras crianças e aprender mais sobre a vida. Ele precisa ir à escola.

Gepeto concordou e, no primeiro dia de aula, ensinou a Pinóquio como chegar à escola da vila.

No caminho para a escola, Pinóquio encontrou um gato e uma raposa, que, admirados em ver um boneco com vida, pensaram em ganhar algum dinheiro com ele.

— Aonde você vai, menino? — perguntou a raposa.

— Crianças espertas não frequentam escolas, porque aprendem muito mais com a vida.

O GATO COMPLETOU:

— ESTAMOS INDO PARA UM TEATRO DE MARIONETES, ONDE VOCÊ VAI APRENDER MUITO E SE DIVERTIR MAIS AINDA. QUER IR?

— NUNCA VI UM TEATRO DE MARIONETES... EU ADORARIA CONHECER — RESPONDEU O BONECO.

— PINÓQUIO! — EXCLAMOU O GRILO — NÃO SE DESVIE DO CAMINHO, VAMOS PARA A ESCOLA!

— AH, NÃO DÊ OUVIDOS A ESTA MINÚSCULA CRIATURA. NO TEATRO, VOCÊ VAI FICAR FAMOSO, VIAJAR, CONHECER LUGARES E PESSOAS, COMPRAR O QUE QUISER... — INSTIGOU A RAPOSA.

Chegando lá, a raposa e o gato venderam o boneco para o dono do teatro, e Pinóquio foi um grande sucesso com suas trapalhadas. Mas, quando ele quis ir embora, foi trancado em uma jaula.

Pinóquio chorou a noite toda e pensou em seu pai e no grilo falante, que passou horas procurando o amigo. Quando o achou, pediu ajuda à Fada Azul para libertá-lo.

PINÓQUIO, ENVERGONHADO, INVENTOU UMA HISTÓRIA:

— ESTAVA INDO PARA A ESCOLA E ME PERDI PERTO DO TEATRO. QUANDO PEDI AJUDA, O DONO ME PRENDEU NA JAULA.

ENTÃO, O NARIZ DE PINÓQUIO CRESCEU E A FADA PACIENTEMENTE AVISOU:

— TODA VEZ QUE MENTIR, SEU NARIZ VAI CRESCER. POR ISSO, FALE A VERDADE SEMPRE E FAÇA O BEM. ASSIM, SEU NARIZ VOLTARÁ AO NORMAL — DISSE A FADA AZUL.

EM SEGUIDA, PINÓQUIO VOLTOU PARA CASA E, NO CAMINHO, SEU NARIZ FOI DIMINUINDO AOS POUCOS.

DIAS DEPOIS, A CAMINHO DA ESCOLA, PINÓQUIO VIU MUITAS CRIANÇAS CORRENDO. ENTÃO, UMA DELAS FALOU:

— VAMOS PARA A ILHA DAS BRINCADEIRAS, LÁ TEM BRINQUEDOS E DOCES À VONTADE.

OS SERMÕES DO GRILO FALANTE DE NADA ADIANTARAM, PORQUE PINÓQUIO, DE NOVO, NÃO LHE DEU OUVIDOS.

UM BARCO LEVOU AS CRIANÇAS A UMA ILHA ONDE BRINCARAM E COMERAM DEMAIS. ACABARAM EXAUSTAS, ALGUMAS COM DOR DE BARRIGA E, POR FIM, ADORMECERAM.

O GRILO ACORDOU PINÓQUIO GRITANDO:
— O QUE ACONTECEU COM VOCÊ? O QUE SÃO ESSAS ORELHAS?
PINÓQUIO ESTAVA COM GRANDES ORELHAS DE BURRO E, QUANDO OLHOU AO REDOR, NOTOU QUE AS OUTRAS CRIANÇAS TAMBÉM VIRAVAM BURROS. ALGUMAS JÁ TINHAM ATÉ RABO! O BONECO CHOROU E PEDIU A AJUDA DA FADA AZUL NOVAMENTE.

Quando a fada apareceu, Pinóquio, com medo de se transformar de vez em um burro, implorou que ela ajudasse todas as crianças.

Ela gostou de ver Pinóquio preocupado com os outros e perguntou ao boneco o que tinha acontecido.

— Íamos para escola quando, de repente, erramos o caminho e nos perdemos — respondeu o boneco. Então, é claro, o nariz dele cresceu.

ASSUSTADO, PINÓQUIO PEDIU DESCULPAS PARA A FADA E FALOU A VERDADE SOBRE O QUE TINHA ACONTECIDO.

A FADA, DESAPONTADA, RESPONDEU:

— PINÓQUIO, QUEM TEM BOM CORAÇÃO NÃO MENTE. MAS POR QUERER AJUDAR OS OUTROS, ACREDITO QUE VAI MELHORAR. AGORA, ESCUTE OS CONSELHOS DO GRILO FALANTE. ELE QUER O MELHOR PARA VOCÊ!

ENTÃO, A FADA AZUL DESFEZ O FEITIÇO QUE TRANSFORMOU TODOS EM BURROS, E O NARIZ DE PINÓQUIO VOLTOU AO NORMAL.

AO ENTRAR EM CASA, PINÓQUIO NÃO ENCONTROU GEPETO, MAS EM UMA ESTANTE HAVIA UM BILHETE DE SEU PAI: ELE TINHA SAÍDO DE BARCO À PROCURA DO BONECO.

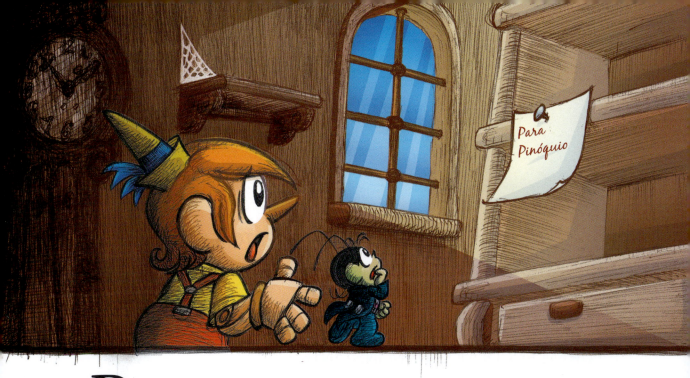

Rapidamente, Pinóquio foi com o grilo para a praia. Os dois ouviram dos pescadores que um barco havia sido engolido por uma baleia naquela manhã.

O GRILO, QUE ERA MUITO ESPERTO, ENSINOU PINÓQUIO A CONSTRUIR UMA JANGADA. QUANDO ELA FICOU PRONTA, OS DOIS FORAM PARA O MAR PROCURAR A BALEIA.

DEPOIS DE HORAS NAVEGANDO, ENCONTRARAM A BALEIA E FORAM ENGOLIDOS NUM INSTANTE.

AO CHEGAREM NO ESTÔMAGO DO GIGANTESCO MAMÍFERO, VIRAM GEPETO, TODO TRISTE E DESANIMADO. QUANDO ELE VIU PINÓQUIO E O GRILO, CORREU PARA ABRAÇÁ-LOS.

O BONECO SE DESCULPOU E PROMETEU SER UM BOM FILHO. E, DESTA VEZ, SEU NARIZ NÃO CRESCEU.

FOI QUANDO O BONECO TEVE A IDEIA DE FAZER UMA FOGUEIRA COM OS PEDAÇOS DE MADEIRA DA JANGADA. ASSIM, A BALEIA ESPIRRARIA TODOS ELES PARA FORA.

E NÃO É QUE DEU CERTO? OS TRÊS VOLTARAM PARA CASA E, A PARTIR DAQUELE DIA, PINÓQUIO PASSOU A SER OBEDIENTE, BOM ALUNO E NUNCA MAIS MENTIU.

A FADA AZUL, RECONHECENDO AS BOAS ATITUDES DO BONECO, ENFIM O TRANSFORMOU EM UM MENINO DE VERDADE. DESDE ENTÃO, PINÓQUIO, SEU PAI GEPETO E O AMIGO GRILO VIVERAM DIAS FELIZES PARA SEMPRE.